Ve

2920

16.

A Monsieur

LOUIS-NAPOLÉON BONAPARTE,

Président

DE LA RÉPUBLIQUE FRANÇAISE.

1849

Cette foule est ingrate.....

Fils de la République, élu du peuple-roi,

Dieu, le monde, la France ont les regards sur toi.

Jadis sur ses flots d'or, la mer impériale

Caressa ton berceau de son onde royale,

Et des flancs déchirés d'un océan nouveau

Ton nom seul aujourd'hui sort triomphant et beau.

Salut, Napoléon! Dieu te donne à la France!

Après tous nos malheurs, le ciel de l'espérance

S'ouvre aux yeux éblouis du peuple consolé;

La foudre tonne encor, le Seigneur a parlé.

L'ère des maux anciens à jamais écoulée

Ne doit plus se rouvrir, car Dieu l'a condamnée.

Ah! du cahos funèbre où dorment ces douleurs

Sonde pour t'éclairer les tristes profondeurs :

Sous les pas du Présent, qu'un jour Dieu doit dissoudre,

Tous les siècles sont là; tous dorment dans la poudre;

Interroge ces morts, ces fantômes hideux

Qu'un vil troupeau jadis encensait de ses vœux ;

Interroge ces rois, ces esclaves sans nombre

Que l'éternelle nuit a confondus dans l'ombre,

Ecoute.... ce sépulcre à ta voix va s'ouvrir.

Toi, l'élu du présent, viens ; apprends l'avenir ;

Aux débris du vieux monde appliquant ta pensée

Vois de l'humanité la misère passée.

Dans l'univers inculte exposé faible et nu,

L'homme contre la mort a longtemps combattu :

Les orages, les vents, les flots de la tempête,

Le tigre au fond des bois, tout menaçait sa tête.

Un marais croupissant, un torrent écumeux,

Un volcan qui bouillonne, un fleuve impétueux

Qui déborde partout sur ses plages désertes;

De ses eaux en fureur les campagnes couvertes,

Partout c'était la mort.... partout l'homme a vécu,

Et toujours défié toujours il a vaincu.

Aux rigueurs de l'hiver opposant son courage,

Contre les loups cruels armant sa propre rage,

Vois, d'un lambeau sanglant qu'il dispute aux vautours

Il soutient sans frémir ses misérables jours.

Mais tandis qu'affrontant de nouvelles alarmes

Il s'élance au combat seul, toujours nu, sans armes,

Il rencontre.... ô prodige! un frère, un être humain

Qui, debout comme lui, touche et serre sa main.

Leurs yeux se sont parlé, leurs regards se répondent,

Dans un vague avenir leurs âmes se confondent,

Ils s'embrassent tous deux, et la Divinité

Sourit aux premiers pleurs de la fraternité.

Dans les bois, sur les monts tout s'anime et tout change :

Au milieu des roseaux, tout humides de fange,

Les traits encor cachés sous ce limon boueux

Dont sa couche a souillé ses membres vigoureux,

L'homme se dresse en maître, et sa noble posture

Révèle un roi puissant à toute la nature.

L'union fait la force ! à l'œuvre ! ô fils du temps !

Des siècles à venir creuse les fondements,

Soulève ce rocher qui ferme ton passage,

Pousse-le dans l'abîme ; un jour l'autre rivage

Par un tronc abattu sera joint au premier.

Brise ces durs cailloux, allume ce foyer :

La flamme vers le ciel en ondes se déploie,

Et je lis dans tes yeux les éclairs de sa joie.

Quel bienfait ! quel bonheur ! Ah ! poursuis tes travaux

Si grands ! si glorieux ! que par mille canaux

L'onde impure du lac vers le fleuve s'écoule ;

Que des plus hauts sommets le chêne tombe et roule

Dans la vallée obscure où ton robuste bras

Le taille en longs pivots. Qui n'admirerait pas

Les premiers éléments de la grandeur humaine,

Ce sauvage coursier qui dévore la plaine,

Cet autre compagnon, brave et fidèle ami

Qui sait défendre l'homme et qui souffre avec lui ?

Peindrai-je cette vie indépendante et douce,

Une hutte d'écorce au toit couvert de mousse,

Et sur un vert tapis ces deux enfants jumeaux

Qui bondissent tout nus au milieu des chevreaux ;

Le poisson qui, fuyant sous les vagues humides,

Demeure emprisonné dans les mailles perfides ;

Et l'hôte des forêts qui, pressé du chasseur,

Parcourt d'un pas léger les champs du laboureur ?

Cependant le soleil éclaire un nouveau monde ;

Ses rayons animant la nature féconde

Versent sur la campagne, en blonds épis, en fleurs,

Des trésors émaillés des plus vives couleurs.

Alors de chants joyeux saluant sa venue,

L'alouette au long vol s'élève dans la nue ;

L'onde écume et jaillit en limpides ruisseaux

Qui portent dans les prés le bienfait de leurs eaux ;

De mille ponts divers la solide élégance

Sur les fleuves domptés dans les airs se balance ;

La vapeur en sifflant fume dans les vallons,

Ou bravant les efforts des fougueux aquilons,

Emporte les vaisseaux sur ses ailes rapides,

Et sème ses brouillards sur les plaines liquides ;

Ou bien docile esclave au fond de l'atelier,

Elle tord avec art le fil de l'ouvrier.

Mais cet esprit actif, enfant de la lumière,

L'homme, dont le génie a soumis la matière,

Sous les lois d'un mortel demeure assujéti;

Son bras est tout puissant, son corps est asservi.

Hélas! si le travail donne l'indépendance,

Si le ciel le bénit en versant l'abondance,

Comment l'homme perd-il avec sa liberté

Des présents qu'il ne doit qu'à la Divinité?

Pourquoi, si ce grand Dieu n'a créé que des frères,

S'il veut le bien de tous, s'il connaît nos misères,

Pourquoi tant de chagrins, tant de pleurs ici-bas?

Tant de crimes parfois, tant de sanglants trépas?

Pourquoi l'Humanité, dans la honte traînée,

A déshonorer Dieu vit-elle condamnée?

Quel est ce vil fumier sur la terre épandu?

Quels germes cache-t-il? et quelle est sa vertu?

De quel tyran cruel préparons-nous la gloire?

Pourquoi nous brise-t-il sous son char de victoire?

Est-ce un si beau triomphe, hélas! et quel besoin

De créer ces douleurs dont il est le témoin?

Qu'un despote stupide, un monstre sanguinaire,

De son trop de loisir ne sachant plus que faire,

Se roule dans le sang, se baigne dans les pleurs,

Trouve la volupté dans d'ignobles fureurs,

L'histoire en a fourni de funestes exemples,

Et même les plus vains ont exigé des temples.

Mais que le Dieu puissant maître de l'univers

Ait créé l'homme libre et le charge de fers;

Que ce père immortel trois fois saint, juste et sage,

Laisse ici-bas corrompre, avilir son ouvrage;

Que les pauvres humains, partagés en troupeaux,

Gémissent sous le poids des plus rudes travaux;

Que leurs nobles sueurs au plus offrant vendues

Soldent les faux plaisirs des villes corrompues,

Qu'un peuple tout entier se jetant à genoux

Dise : « Voici nos bras, prenez pitié de nous :

Jouissez, vous qu'un Dieu nous a donnés pour frères,

Afin que le travail soulage nos misères;

Pour vous habits de fête et riches pavillons;

Pour nous un bouge infect, de sordides haillons ;

Pour vous tous les beaux-arts, le ciel bleu, la verdure;

Pour nos membres brisés le coin d'une masure ;

Pour vos enfants joyeux le jour, la liberté;

Pour les nôtres.... Hélas ! l'horrible pauvreté

Nous a ravi le droit d'avoir une famille :

Chez nous point de parents, la femme reste fille.

O riches, jouissez !, riez, soyez heureux !

Faites-nous travailler, notre sort est affreux ! »

Pour qu'un peuple se vautre en cette boue immonde,

Il faut qu'il ait donné quelque scandale au monde;

Il faut qu'il ait longtemps souillé de sang humain

Le sol qu'il aurait dû féconder de sa main ;

Il faut que dans cent lieux il ait porté la guerre,

Que des siècles entiers il ait lassé la terre,

Et que le flot impur de ses mauvaises mœurs

Ait débordé partout. Ah ! de tous ces malheurs

Non, Dieu n'est point coupable, et qui le dit blasphème :

Cette foule est ingrate, et ce peuple lui-même

A depuis bien longtemps rivé tous les anneaux

Du fer qui le retient captif sous ses égaux ;

S'il n'a d'autres vertus qu'il ait la patience !

Qu'il sonde maintenant sa propre conscience,

Qu'il se juge…. il verra qu'au bonheur destiné,

Il a vendu ses droits à la félicité :

La volupté, l'orgueil le tiennent à la chaîne,

L'impureté honteuse à sa perte l'entraîne ;

Prenant pour le soleil une triste lueur,

Il se livre au plaisir et renonce au bonheur.

Du jour où ce poison dans ses veines circule,

L'Humanité s'arrête et son progrès recule :

Abdiquant l'avenir, son âme s'étrécit,

Sous de bas intérêts se courbe et s'avilit,

Ses yeux, comme aveuglés d'une épaisse poussière,

Des célestes beautés ignorent la lumière,

Et sous son propre poids ce grand corps énervé

Chancelle et va périr, par la fièvre épuisé.

En vain pour rappeler sa force évanouie,

Source du vrai bonheur que l'excès a tarie,

Pour éviter la mort qui va gagner son cœur,

L'Humanité s'agite en son lit de douleur;

Il faut un nouveau culte, il faut une autre idée,

Il faut un nouveau Dieu pour sa vaste pensée.

Si d'une foi sincère allumant le flambeau,

L'homme entrevoit le jour au-delà du tombeau,

Si dans le fond du cœur la sève rajeunie

Infiltre les trésors d'une nouvelle vie,

Rien n'est perdu : les flots d'un sang plus généreux

Vont réparer le mal d'un passé douloureux ;

L'Humanité s'éveille ! avide d'harmonie,

Elle orne de ses dons sa terrestre patrie,

Où l'arbre verdoyant de notre liberté,

Arrosé par les mains de la Fraternité,

Etend ses frais rameaux sur les deux émisphères.

Plus de rouges défis! plus de larmes amères !

Au sein de l'amitié, dans les bras de l'amour,

Des plus aimables fleurs parfumant son séjour,

L'homme agrandit son être, élève sa nature,

Et la sent à la fois plus heureuse et plus pure.

France, tu vas cueillir tes lauriers les plus beaux !

Agite les couleurs de tes nobles drapeaux ;

Guide-nous dans les champs d'une nouvelle histoire :

La paix du monde entier, c'est ta plus belle gloire !

Ah ! que le Dieu très-haut daigne entendre nos vœux ;

Qu'il règne et qu'il pardonne, et nos derniers neveux,

Admirant les efforts de cet âge héroïque ,

Béniront l'avenir.　　Vive la République !

Lagny [Seine-et-Marne].

　　　Février 1849.

A. GAUTRIN ,

Ancien élève du Collège de Troyes.

Bar-s.-Aube. typ. Jardeaux Ray.